- Le Monde de -

Narnia

~ Chapitre 1 ~
Le Lion, la Sorcière Blanche et l'Armoire Magique

Traduit de l'anglais par Carine Perreur

Titre original : The Lion, the Witch and the Wardrobe: Tea with Mr Tumnus

Published by Gallimard Jeunesse under licence from the C.S. Lewis Compagny Ltd

Book design by Rick Farley

Nuuméro d'édition : 138209 - Loi n° 49-956 du 16 juillet 1949 sur les publications destinées à la jeunesse ;

Dépôt légal : novembre 2005 - Imprimé en Italie

www.narnia.com

- Le Monde de -

Narnia

~ Chapitre 1 ~

Le Lion, la Sorcière Blanche et l'Armoire Magique

Un thé chez M. Tumnus

Adapté par Jennifer Frantz

D'après le scénario
d'Ann Peacock et Andrew Adamson
et Christopher Markus & Stephen McFeely

D'après le livre de C. S. Lewis

Dirigé par Andrew Adamson

GALLIMARD JEUNESSE

– 94… 95…

Peter, le frère aîné de Lucy, était en train de compter.

Ils jouaient à cache-cache et Lucy devait trouver une cachette avant qu'il n'arrive à cent.

– 96… 97… comptait Peter.

Lucy se précipita dans une pièce et sauta dans une vieille armoire.

A l'intérieur, l'armoire sentait la naphtaline.

De vieux manteaux de fourrure chatouillèrent le bras de la fillette.

De la main, elle chercha le fond de l'armoire.

Elle sentit alors une rafale d'air froid.

« D’où cela peut-il venir ? » se demanda Lucy.
Elle fit un pas en avant et sentit de la neige craquer sous ses pieds.
Lucy n’était plus dans l’armoire.
Elle était dehors, dans une forêt !

Les flocons blancs et légers tombaient tout autour d'elle.
Elle aperçut un réverbère qui brillait de sa lumière rassurante dans la nuit sombre et froide.

Alors que Lucy s'approchait du réverbère,
quelque chose bougea derrière elle.
Elle se retourna et poussa un hurlement.

L'étrange créature qui lui faisait face hurla
à son tour.
Elle était tout aussi surprise que Lucy !

– Je suis désolée, dit Lucy. J'espère que je ne vous ai pas effrayé.

– Mais pas du tout, répondit la créature. Même si vous êtes un bien étrange nain.

– Je ne suis pas un nain, précisa Lucy. Je suis une petite fille.

La créature parut choquée.

– Vous êtes… un Être humain ? demanda-t-elle.

– Oui ! répondit Lucy. Je m'appelle Lucy Pevensie. Et vous, puis-je vous demander ce que vous êtes ?

– Je suis un faune, et je m'appelle Tumnus, dit-il en tendant la main.

Lucy sourit et serra la main de M. Tumnus.

– Lucy Pevensie, proposa M. Tumnus, voudriez-vous venir prendre le thé avec moi ?
Lucy savait qu'elle devrait bientôt rentrer chez elle, mais son nouvel ami l'intriguait.

– D’accord, répondit-elle. Je veux bien venir avec vous, mais je ne resterai pas longtemps.

Lucy et M. Tumnus marchèrent ensemble à travers le paysage enneigé.

M. Tumnus apprit à Lucy qu'elle se trouvait à Narnia.

– Est-ce qu'il fait toujours aussi froid à Narnia ? interrogea Lucy.

– C'est ainsi depuis cent ans, soupira M. Tumnus.

Lucy et M. Tumnus arrivèrent à la confortable petite maison du faune.

A l'intérieur, il faisait bien chaud, et les murs étaient couverts de livres.

Lucy oublia comme il faisait froid dehors.

M. Tumnus prépara du thé et des toasts
et ouvrit une boîte de sardines.

Lorsqu'ils eurent fini de manger, le faune se mit à jouer de la musique sur une étrange petite flûte.

Lucy se sentit soudain très fatiguée.
La musique la plongea bientôt dans un profond sommeil.

Quand la fillette se réveilla, M. Tumnus semblait nerveux.

– Je suis un méchant faune, dit-il.

Et il apprit à Lucy qu'il avait prévu de la livrer à la Sorcière Blanche.

– C'est à cause de la Sorcière Blanche qu'il fait aussi froid à Narnia. Elle a jeté un sort pour que l'hiver dure cent ans.

– Si jamais nous trouvons un humain dans les bois, nous devons le lui livrer, expliqua M. Tumnus. Si nous ne le faisons pas, elle nous change en pierre. En effet, seuls les humains ont le pouvoir de briser le sort jeté par la Sorcière Blanche et de mettre fin au long hiver. Si cela arrivait, la Sorcière Blanche perdrait son pouvoir sur Narnia !

Or Lucy était humaine, elle ne pouvait donc échapper à la sorcière. M. Tumnus regarda sa nouvelle amie avec tristesse.

« Qu'ai-je fait ? » pensa-t-il.

Puis il changea d'avis. Il ne pouvait pas livrer Lucy à la Sorcière Blanche.

– Venez ! Nous n'avons pas beaucoup de temps, cria-t-il.

M. Tumnus et Lucy retournèrent
au réverbère en courant.
Les yeux de M. Tumnus s'emplirent de
larmes lorsqu'il dit au revoir à la petite fille.
Il savait que c'était mieux ainsi : si elle ne
partait pas immédiatement, la Sorcière
Blanche l'emporterait.
– Ce qui peut maintenant se passer n'a
pas d'importance, dit le faune. Grâce à toi,
j'ai ressenti plus de chaleur que je n'en
avais ressenti en cent ans.
Après avoir salué une dernière fois son
nouvel ami, Lucy retrouva son chemin
à travers l'armoire.

Rentrée saine et sauve, Lucy avait du mal à croire à l'étrange aventure qu'elle avait vécue à Narnia. Mais elle savait, au fond de son cœur, qu'elle reverrait son ami M. Tumnus.